D1432267

Le fantôme
de Boucherville

Soyez sans crainte
et visitez en toute tranquillité notre site :
www.soulieresediteur.com

Du même auteur
chez le même éditeur :
Le duc de Normandie, Finaliste au prix du livre
    M. Christie 2002
L'ogre de Barbarie, 1998 (épuisé)

Chez d'autres éditeurs :
Terreur sur la Windigo, éd. Pierre Tisseyre, 1997,
    Finaliste du prix du Gouverneur général
La Maudite (éd. Pierre Tisseyre, 1999):
Ni vous sans moi, ni moi sans vous, éd. Pierre Tisseyre,
    1999, Finaliste au prix du livre M. Christie et
    3e position au Palmarès de Communication
    jeunesse
Siegfried ou l'or maudit des dieux éd. Pierre Tisseyre,
    2000, Finaliste au prix du livre M. Christie
Quand la bête s'éveille, éd. Pierre Tisseyre, 2001
Le Chevalier et la Sarrasine, éd. Hurtubise, 2003
Une dette de sang, éd. Pierre Tisseyre, 2003
Kado le fou, éd. de l'Isatis, 2004
La Porte de l'enfer, éd. Pierre Tisseyre, 2005
Nuits rouges, éd. Pierre Tisseyre, 2006, Finaliste
    au prix du Gouverneur général
Le Chat du père Noé, éd. Hurtubise, 2006, Finaliste
    au prix littéraire TD
La Main du diable, éd. Pierre Tisseyre, 2006
Par le fer et par le feu, éd. Pierre Tisseyre, 2006
L'Homme de l'aube, éd. Pierre Tisseyre, 2007
Django et la poule noire, éd. de l'Isatis, 2008

Dans la série *Séti: Le livre des dieux,* tome 1, 2008.
    Le rêve d'Alexandre, tome 2, (2008), *La malédic-
    tion du gladiateur,* tome 3 (2008), *L'anneau des
    géants,* tome 4 (2009), *Le temps des loups,* tome 5
    (2010), *La guerre des dames,* tome 6 (2010), aux
    éd. Pierre Tisseyre.

Le fantôme
de Boucherville

Un roman de
Daniel Mativat

illustré par
Jean-Paul Eid

SOULIÈRES | ÉDITEUR

case postale 36563 — 598, rue Victoria
Saint-Lambert (Québec) J4P 3S8

Soulières éditeur remercie le Conseil des Arts du Canada et la SODEC de l'aide accordée à son programme de publication et reconnaît l'aide financière du gouvernement du Canada par l'entremise du Fonds du livre du Canada (FLC) pour ses activités d'édition. Soulières éditeur bénéficie également du Programme de crédit d'impôt pour l'édition de livres – Gestion Sodec – du gouvernement du Québec.

Dépôt légal: 2011
Bibliothèque nationale du Canada
Bibliothèque nationale du Québec

Données de catalogage avant publication (Canada)

Mativat, Daniel

Le fantôme de Boucherville

(Collection Chat de gouttière ; 40)

Pour enfants de 9 ans et plus.

ISBN 978-2-89607-129-6

I. Eid, Jean-Paul. II. Titre. III. Collection: Chat de gouttière ; 40.

PS8576.A828F36 2011   jC843'.54   C2010-942497-2
PS9576.A828F36 2011

Illustration de la couverture
et illustrations intérieures :
Jean-Paul Eid

Logo de la collection: Dominique Jolin

Conception graphique de la couverture :
Annie Pencrec'h

Copyright © Daniel Mativat, Jean-Paul Eid
et Soulières éditeur,
ISBN 978-2-89607-129-6
Tous droits réservés

*À Adèle et à Clarisse,
mes deux petites-filles.*

« Il s'appuya contre un rayon de lune pour reprendre haleine, et se mit en devoir de faire le point sur sa situation. Jamais au cours de sa carrière brillante et ininterrompue depuis trois cents ans, il n'avait été aussi grossièrement insulté (...). C'était absolument intolérable. Aucun fantôme de l'histoire n'avait jamais été traité ainsi...»

Oscar Wilde,
Le fantôme de Canterville

1

ANGUS MACADAM

Angus MacAdam, comme tous les fantômes respectables d'Écosse, s'était toujours efforcé de faire honnêtement son métier afin de ne pas ternir la réputation de Lammermuir Castle qui passait pour le manoir le plus hanté du pays.

Aussi, tous les deuxièmes mercredis du mois, avec une ponctualité irréprochable, dès le douzième coup de minuit, il passait à travers la muraille de sa retraite secrète et entreprenait sa ronde de hantise à travers les deux cent cinquante-trois pièces du château en suivant scrupuleusement le même itinéraire et le même horaire.

MINUIT QUINZE : bruits de chaînes dans le grand salon.

MINUIT TRENTE : tintamarre d'objets déplacés dans la cuisine, concert de casseroles et bris d'assiettes (deux ou trois, pas plus). Économie oblige.

UNE HEURE QUARANTE : ululements lugubres dans la salle d'armes avec remue-ménage d'armures et cliquetis d'épées.

PUIS, MINUIT CINQUANTE précis : cris, larmes et gémissements à l'étage des chambres suivis d'un lancer rageur de livres contre les lambris de la bibliothèque et, en guise de final : grand éclat de rire sinistre en haut de l'escalier menant au sous-sol.

Angus ne se souvenait plus depuis combien de temps il exerçait cette honorable profession de revenant. Depuis des siècles sans doute. Il ne se souvenait pas non plus pourquoi il était condamné à errer ainsi dans les couloirs froids de cette immense demeure. Quel crime affreux avait-il bien pu commettre ?

8

Ce n'était pas comme ses autres collègues fantômes qui fréquentaient l'endroit. Eux au moins avaient une bonne idée de ce qui les avait privés du repos éternel. Dans l'aile nord, par exemple, lord Crawford, celui qui jurait comme un charretier en jouant aux cartes avec le diable, avait, dit-on, causé la mort de son adversaire en le forçant à avaler le carré d'as que celui-ci avait osé abattre à la fin d'une partie ruineuse et chaudement disputée. Le joueur de cornemuse qui hantait le chemin de ronde, lui, expiait le fait de s'être assoupi pendant son tour de garde et de n'avoir pas sonné l'alarme le matin de la sanglante bataille de Flodden Field[1], raison pour laquelle, chaque 9 septembre, il réveillait à l'aube toute la maisonnée en soufflant à pleins poumons dans son damné instrument. Même chose pour la Dame verte, la femme coupée en deux, le chevalier qui portait sa tête dans ses mains et le chat noir cul-de-jatte. Tous avaient sur la conscience quelques péchés plus ou moins inavouables qui justifiaient leur condition d'âme en peine.

1. Célèbre bataille perdue par les Écossais qui fit plus de dix mille morts dans leurs rangs et vit périr le roi Jacques IV d'Écosse.

Angus, lui, se rappelait juste que de son vivant il avait été comédien et qu'il avait dû commettre une énorme gaffe en rapport avec cette large tache de sang qui maculait le tapis de la salle de réception. Tache devant laquelle il ne pouvait passer sans pleurer à chaudes larmes au point où, faute de mouchoir, il devait s'essuyer les yeux et se ramoner le nez dans les plis de son linceul.

Il faut dire que les troubles de mémoire de notre fantôme avaient une explication. Angus MacAdam buvait. Du whisky écossais naturellement. Il avait commencé à boire pour oublier et il avait si bien réussi que, maintenant, il avait oublié la raison pour laquelle il buvait. Toujours est-il que, lorsqu'il était un peu pompette, il se mettait à faire un boucan de tous les diables en clamant aux quatre coins du château : *to be or noooot to be ? That… That issss the question…* Écart de conduite qui lui valait évidemment les remontrances des habitués de la maison, surtout depuis que monsieur le comte, propriétaire des lieux, avait décidé d'ouvrir le manoir de Lammermuir au public en transformant le château en hôtel.

Jouer à terrifier les vacanciers qui y passaient la nuit, c'était parfait. Certains touristes d'ailleurs adoraient ça. Même que les Japonais tenaient à se faire photographier en compagnie des spectres les plus épeurants comme le tambour sans mains ou le highlander qui se promenait avec sa claymore[2] plantée dans le corps. Mais un fantôme ivrogne qui récite du Shakespeare ou chante *O Flower of Scotland when will we see your like again*, cela ne pouvait qu'indisposer la clientèle et nuire à l'ensemble de la corporation des spectres, ectoplasmes et autres créatures de la nuit.

Cette situation dura plusieurs siècles, jusqu'à ce que le destin klaxonne à la porte du château sous la forme d'un taxi transportant les Sansfaçon, une famille de touristes québécois en apparence inoffensifs.

---

2. Lourde épée à coquille des Écossais.

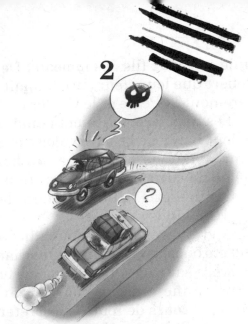

BIENVENUS
AU CHÂTEAU

Monsieur Sansfaçon, Gaston de son petit nom, était gérant d'un magasin de nettoyage de Boucherville à l'enseigne de Extra-Super-Net Shop. Il avait gagné un voyage en Écosse tous frais payés pour cinq personnes en participant à un concours télévisé intitulé *La Poule ou l'œuf*. Il avait remporté la poule. Il était accompagné de Pâquerette, son épouse, de Charlotte, sa fille de huit ans et de ses deux fils, les jumeaux Denis et Robert que leur sœur surnommait familièrement la Peste et le Choléra.

Les Sansfaçon n'étaient jamais sortis de leur banlieue bouchervilloise et c'était donc avec une certaine appréhension mêlée de curiosité que la petite famille avait entrepris, guide en main, le tour des Highlands.

À vrai dire, seul Gaston affichait un réel enthousiasme à s'aventurer dans ces contrées sauvages. Il avait même emmené sa canne à pêche pour taquiner la truite en cours de route et, secrètement, il caressait le rêve de mettre sa ligne à l'eau dans le loch Ness où, qui sait, il ferrerait peut-être le fameux monstre. Quelle photo à montrer au retour ! Et puis, une fois empaillée, aucun doute que la bête ferait un magnifique trophée au-dessus de la cheminée de son chalet du Lac-en-cœur !

En attendant, Gaston trouvait néanmoins que les routes du pays étaient bien dangereuses et, chaque fois qu'il croisait une voiture, il écrasait l'avertisseur en évitant de justesse la collision.

— Tabarouette ! Tu as vu ça, Pâquerette, encore un autre qui roulait à gauche ! De vrais chauffards, ces Écossais !

14

Et puis, il y eut bientôt d'autres motifs de frustration à propos desquels Gaston tomba d'accord avec le reste de la famille.

En tout premier lieu, la nourriture qui recueillait des opinions diverses du genre : « Ça goûte drôle, vous ne trouvez pas ?... On dirait de la colle à tapisserie... De la sauce à la menthe sur la viande : quelle drôle d'idée ! »

Ils avaient pourtant essayé bravement la plupart des spécialités locales. Le porridge, le hareng fumé sur les toasts le matin et le fameux hagis[3]. « Intriguée, Pâquerette avait demandé au serveur : « C'est fait avec quoi ? L'odeur est bizarre...» Erreur fatale. À peine le garçon eut-il énuméré quelques-uns des ingrédients composant ce plat traditionnel que déjà toute la famille avait quitté la table pour se précipiter aux toilettes.

Sinon, le pays était magnifique : des landes désolées, de vertes vallées, des lacs embrumés reflétant dans leurs eaux d'argent les ruines d'antiques manoirs. Pâquerette et Charlotte n'arrêtaient pas de s'extasier et même Gaston appréciait un peu

---

3. Hachis d'abats de moutons, mélangé à de la graisse, des rognons et de la farine d'avoine grillée, le tout cuit dans une panse de brebis.

plus le paysage depuis qu'un policier très aimable lui avait expliqué qu'en Écosse on roulait à gauche et non à droite. En fait, les deux seuls qui ne partageaient pas l'enthousiasme familial étaient Denis et Robert qui ne tardèrent pas à se lasser de cet interminable voyage de *bens* en *glens*[4], et quand ces deux-là s'ennuyaient, ils ne tardaient pas à commettre de mauvais coups.

Ainsi, à Édimbourg, pendant la visite de la citadelle, ils passèrent leur temps à soulever les kilts des soldats en faction devant leur guérite, juste pour vérifier si c'était bien vrai que les Écossais ne portaient rien sous leur jupe. À Glasgow, ils récidivèrent en enduisant de marmelade toutes les poignées de porte de l'hôtel. Puis, sur la route d'Aberdeen à Inverness, ils trouvèrent de nouveaux passe-temps comme faire des grimaces aux automobilistes ou, lorsque l'auto se trouvait bloquée par le passage d'un troupeau de moutons, se pencher par-dessus leur père et jouer avec le klaxon pour effrayer les pauvres bêtes.

—Cessez de faire les singes ! leur ordonna Gaston.

---

4. Montagnes et vallées en dialecte écossais.

—Oui, qu'est-ce que les gens vont penser de nous ! ajouta leur mère.

Alors, vexés, les deux vauriens se calèrent au fond de leur siège et, les bras croisés, l'air renfrogné, refusèrent dès lors de jeter le moindre coup d'œil à l'extérieur, se contentant, au passage de chaque ville, de bougonner :

—On rentre bientôt ?... On a faim... On a soif... On a mal au cœur... Envie de pipi... Quand est-ce qu'on arrive ?

Bref, heureusement pour les nerfs du reste de la famille, le voyage achevait. C'est alors que, sur le chemin du retour, Pâquerette, à la recherche d'un gîte pour y passer leur dernière nuit, proposa de faire un détour par le château de Lammermuir dont le guide touristique vantait le charme et l'atmosphère inoubliable. Une suggestion qui fut bien accueillie par tout le monde sauf les jumeaux qui, en signe de protestation, s'enfoncèrent chacun deux doigts au fond de la gorge en faisant mine d'avoir envie de vomir :

—Aaaaarg ! Pas encore un château ! Paaaaa... Mannnn... Pitié !

L'arrivée des Sansfaçon au manoir de Lammermuir ne passa donc pas inaperçue. Ce fut Malcolm, le vieux majordome de monsieur le comte, qui les accueillit au pied de l'arbre sec qui se dressait devant l'entrée principale.

— Bienvenus au château ! Si ces messieurs-dames veulent bien me suivre…

Bien sûr, Malcolm, ayant servi plus de vingt ans chez lord Marlborough et descendant d'une longue lignée de serviteurs très stylés dont certains avaient été au service de Sa Majesté, fit semblant de ne pas remarquer les bermudas et la chemise hawaïenne de Gaston, les gougounes en plastique de Pâquerette, les chandails de hockey trop grands des deux garçons, et la salopette trouée aux genoux et un peu partout de Charlotte.

Malcolm était trop distingué pour émettre la moindre remarque. À peine pinça-t-il légèrement les lèvres tout en se laissant charger d'une montagne de valises et de sacs, poussant même le sens de l'hospitalité jusqu'à offrir à nos Québécois de leur faire visiter le château avant de leur montrer leurs chambres. Proposition qui, comme d'habitude, fut chaleureusement accueillie par la famille Sanfaçon à l'exception des jumeaux qui se mirent à suivre

18

le majordome en se dandinant de manière grotesque et en se moquant de son accent très « british ». Inconvenance qu'une fois encore Gaston dut corriger en attrapant les deux petits diables par les oreilles et en leur soufflant de manière menaçante :

— Vous, mes deux tannants, vous allez arrêter immédiatement de traiter ce monsieur de vieux pingouin et de répéter : Vieux croûton ! Vieux chausson ! Compris ?

Malcolm qui, par bonheur, ne comprenait pas le franco-québécois et ne pouvait pas goûter toute la subtilité de cet avertissement solennel, invita ses clients à le suivre.

— Le château a été bâti au XIe siècle et remanié sous les Tudors... S'il vous plaît ne touchez pas à cette armure... Attention ! Oooooooh...! Bon, ce n'est pas grave... Non, jeune homme, n'essayez pas de replacer les morceaux et vous, veuillez, s'il vous plaît, ôter ce casque de votre... Ah bon, vous êtes coincé... Attendez, je vais vous aider. Voyons, qu'est-ce que je disais ? Où en étais-je ?

— Vous nous parliez de l'époque des « endormis ».

— Des endormis ?

— Oui, les Tu-dors.

Le vieux serviteur préféra ne pas se lancer dans des explications qui risquaient de se révéler longues et pénibles. Il préféra enchaîner :

— Le propriétaire actuel, lord Duncan, neuvième comte de Lammermuir, est le dernier descendant d'une noble famille dont les membres connurent un destin tragique. Voici, par exemple, la canne de golf que lord Cameron, cinquième du nom, brandissait vers le ciel quand il fut foudroyé au cours d'un orage pour avoir maudit Notre Seigneur après avoir manqué son roulé pour l'oiselet au dix-huitième trou du tournoi de Saint-Andrews. Jeune homme ! Je vous en prie, reposez ce bâton. Attention à ce vase de Chine sur la cheminée, il est frag... Il est... Oui, je vois bien : il est cassé.

Voyant l'air accablé de Malcolm, la petite Charlotte décida de lui faire l'aumône d'une question pour lui montrer qu'elle, au moins, était intéressée par son exposé.

— Et cette tache rouge sur le tapis, demanda-t-elle, c'est juste une tache ?

— Oui, reprit Pâquerette en fronçant les sourcils. Charlotte a raison, une vraie grosse tache. Vous devriez en parler à votre femme de ménage.

—Ou appeler un bon nettoyeur de tapis, ajouta Gaston. En passant, je connais une marque de lessive qui...

Cette fois, Malcolm parut perdre son sang-froid et prit un air outré.

—N'y touchez pas et surtout ne marchez pas dessus ! Cette tache, sachez-le, est la plus précieuse relique de cette maison. C'est une tache de SANG ! Le sang de lady Gwendoline, morte ici même dans un tragique accident au cours d'une représentation de *Roméo et Juliette* en 1595. On dit d'ailleurs que le fantôme de son assassin hante encore les lieux, le deuxième mercredi de chaque mois. Comme nous sommes un mercredi et que nous entamons la deuxième semaine du mois d'août, vous aurez peut-être la chance de l'entendre vers minuit. D'autant plus que votre chambre se trouve précisément sur son trajet habituel. Voilà, nous sommes arrivés. *Ladies and gentlemen*, je vous souhaite une bonne nuit !

3

UNE NUIT
AGITÉE

DONG ! DONG ! DONG[5] !... Minuit
sonna à l'horloge du grand salon.
Angus enfila son linceul, ajusta ses
chaînes et, comme tous les jours où il
était de service, jeta un dernier coup
d'œil à son cachot avant de traverser le
mur de celui-ci pour entreprendre sa
ronde nocturne. Autour de lui, le même
spectacle désolant s'offrit à ses yeux. Tou-

---

5. Je vous fais grâce des neuf autres DONG !

jours ces vieux livres déchiquetés qui jonchaient le sol et, dans son coin, assis devant une écuelle vide, toujours ce squelette inconnu, fers aux pieds et vert de mousse qui, peu à peu, tombait en poussière. Son unique compagnon depuis cinq siècles. Que faisait-il là ? Qui était-il et que signifiait cette inscription gravée au-dessus de lui ?

Ce triste sort que tu endures.
Sera le tien pendant des années,
Tant qu'une enfant au cœur pur
Sur toi n'aura pas pleuré.
Alors, l'arbre sec refleurira.
L'amour tu retrouveras.
De tes chaînes seras délivré.
Et enfin seras pardonné.

Ces questions sans réponse tourmentaient Angus. Il ne comprenait pas pourquoi, chaque fois qu'il lisait ces vers mystérieux, il sentait son cœur se serrer et devenait si déprimé qu'il ressentait le besoin impératif d'avaler un petit remontant. Remontant qu'il trouvait dans le cellier voisin où dormaient des milliers de bonnes bouteilles parmi lesquelles quelques-uns des meilleurs whiskys du pays.

24

Or, ce soir-là, Angus, sans raison particulière, avait le moral pas mal à terre et au lieu de se contenter d'une dose modérée de son élixir préféré, il choisit sur les rayons de la cave une bouteille de Macallan pur malt de cinquante ans d'âge dont il vida la moitié cul sec.

— Aaaaaaah ! Ça fait du bien ! hoqueta le fantôme déjà pas mal éméché.

Puis, son flacon à la main, il se dirigea vers l'escalier menant aux étages supérieurs qu'il gravit péniblement et d'un pas chancelant. Arrivé dans le hall d'entrée du manoir, il s'arrêta un instant et se mit à réfléchir avec la désagréable impression d'avoir oublié quelque chose.

— Le costume ! s'écria-t-il. Sous quelle forme apparaîtrai-je aujourd'hui ?

C'était de la plus haute importance. Le classique drap blanc maculé de sang n'était pas mal. Le chapeau à plumes, le pourpoint en loques et les hauts-de-chausse en lambeaux aussi. Le halo phosphorescent ou la silhouette entourée de flammes ne seraient pas mal non plus, mais comme il était pressé, il finit par se décider pour la simple ombre humaine qui se change en vapeur et glisse lentement comme en suspension dans les airs.

L'horloge sonna minuit et demi. Il était vraiment très très en retard. Dans la bibliothèque, il croisa un autre fantôme, la Dame verte, qui lui adressa son pauvre sourire habituel avant de disparaître en murmurant : « Souviens-toi ! Je t'en supplie, souviens-toi ! » Angus la salua et cette rencontre, à laquelle il était pourtant accoutumé, le remplit d'une telle tristesse qu'il porta à nouveau le goulot de sa bouteille de whisky à ses lèvres et acheva de la vider. Du coup, lorsqu'il se présenta devant les chambres du premier étage où logeaient les Sans-façon, il était saoul comme... un Polonais, ce qui est le comble pour un... Écossais.

Pour son malheur, il décida néanmoins de commencer sa petite séance de terreur comme il en avait l'habitude lorsque des visiteurs passaient la nuit au château.

Il fit craquer sinistrement le plancher. Aucune réaction. Il cogna à la porte de la chambre de Gaston et de Pâquerette. Rien. Il poussa un long cri lugubre. Toujours rien, si ce n'est, provenant de la chambre, le souffle puissant du double ronflement d'un couple de dormeurs profondément endormis. Dépité, mais soucieux avant tout de rattraper son retard, Angus n'insista pas et passa à travers la porte suivante, bien décidé cette fois à faire blanchir de peur sa prochaine victime.

Dans cette deuxième chambre était couchée Charlotte. Elle dormait en serrant contre elle un ourson en peluche. Elle était assez mignonne et, un instant, Angus fut tenté de la laisser dormir en paix, mais il avait déjà pas mal négligé ses obligations de revenant pour se permettre une nouvelle entorse aux habitudes de la maison.

Il chercha donc dans l'inventaire de ses déguisements effrayants celui qui lui semblait le plus approprié pour terrifier une gamine de sept ou huit ans. Se remémorant son ancienne carrière d'acteur, il choisit le costume du spectre du roi assassiné dans *Hamlet*. Un rôle qui lui avait valu jadis un franc succès. À peine le temps d'évoquer celui-ci mentalement que la métamorphose s'opéra comme par magie. C'était vraiment un accoutrement impressionnant : cotte de maille rouillée et casque entièrement vide illuminé de l'intérieur par deux chandelles à la place des yeux. La difficulté, par contre, était de trouver le ton juste pour prononcer la tirade qui allait avec l'apparition. Pour y parvenir, il commença par se racler la

gorge puis, après un ou deux essais infructueux, il sortit enfin sa voix la plus caverneuse :

—Hou ! Hou ! Hou ! « *Tremblez pauvre mortelle ! Je suis l'esprit condamné pour un temps fixé à revenir la nuit jusqu'à ce que le crime odieux commis dans ma vie naturelle soit payé par le feu. N'était l'interdiction de révéler jamais les secrets de ma prison, je pourrais faire un récit dont le moindre mot déchirerait ton âme, figerait ton jeune sang, ferait sortir tes yeux de leurs orbites et se dresser tes boucles de cheveux tels les piquants d'un porc-épic*[6] ».

Réveillée en sursaut par cette voix d'outre-tombe, Charlotte remonta vivement sa couverture pour se cacher le visage et s'informa timidement :

—Es-tu le Bonhomme-sept-heures ?

—Non.

—Alors tu es le monstre qui se cache sous les lits et dans les garde-robes !

—Non plus. Je suis un fantôôôme...

—Ouf ! Tu m'as fait peur.

—Comment ça « Ouf ! »? Tu es censée au contraire trembler de frayeur ! Et si

---

6. *Hamlet*, acte I, scène 5 (traduction de Maurice Castelain, Aubier, 1964, p.113) de William Shakespeare.

je sors ma grande épée de cette manière, tu n'as pas la chair de poule ?

— Si… un peu.

— Ah ! Tout de même…!

Tout attendri par tant de candeur, Angus perdit tous ses moyens et soupira :

— Allez, rendors-toi. Oublie tout ce que j'ai dit et fais de beaux rêves…

Pire encore, une fois complètement gaga, Angus eut presque envie de sourire et de répondre au coucou de la main que lui adressa Charlotte.

Heureusement pour sa réputation, dès qu'il eut repassé à travers la porte, Angus se reprit, bien décidé cette fois à terrifier pour de bon les occupants de la chambre voisine. Il restait quelques gouttes de whisky dans sa bouteille, il les lampa et fit son entrée dans la pièce d'à côté sous les traits d'un grand classique de l'horreur spectrale : le fameux fantôme de Canterville avec son suaire grouillant de vers, ses chaînes et son lourd boulet au pied. Un succès garanti.

— Hou ! Hou ! Hou ? Hou ?? Hou ???

Personne… Angus regarda autour de lui. Il aurait pourtant juré que quelques instants avant d'y faire son apparition, il avait entendu à l'intérieur des murmures et des ricanements étouffés.

Un peu déboussolé, Angus se débarrassa de ses encombrants accessoires et il s'apprêtait déjà à se retirer quand, tout à coup, au milieu d'une musique infernale de guitare électrique, la porte de l'armoire située près du lit s'ouvrit avec fracas, découvrant deux têtes grimaçantes qui éclatèrent d'un rire diabolique.

Angus poussa un cri. Tous les fantômes du château étaient ses vieux amis et, selon les lois de la profession, jamais un spectre n'avait jamais cherché à effrayer un autre spectre. Son effroi n'en fut que plus grand et, dans l'état de panique qui le saisit, il ne trouva rien de mieux que de se dissoudre dans l'air et de trouver refuge au fond de sa bouteille vide de whisky.

—Vite ! Mets le bouchon ! s'écria une voix. Tu peux baisser le son du *ghetto blaster*, on risque de réveiller pa' et man'.

—Tu avais raison, reprit une autre voix enjouée. C'était une sacrée bonne idée le truc de la musique au boutte et des lampes de poche sous le menton. Tu as vu la peur bleue qu'on lui a faite ? On l'a attrapé comme un papillon avec un bocal.

Ces deux chasseurs de fantômes n'étaient évidemment nul autre que les deux jumeaux joueurs de tours, Denis et Robert.

— Ouais, on n'a plus qu'à le cacher dans nos valises et le ramener chez nous. Imagine la tête des copains, à Boucherville, quand on leur apprendra qu'on a capturé un vrai fantôme !

— Et puis, avec les filles, on va pouvoir leur flanquer une de ces frousses !

4

LES MALHEURS
D'ANGUS

Angus, enfermé dans sa bouteille, ne prit pas conscience immédiatement de ce qui venait de lui arriver. Il se rendit bien compte que la bouteille dans laquelle il était emprisonné subissait toutes sortes de chocs et de soubresauts. Du fond de la valise qui le transportait, il entendit des bruits de moteur, des grondements sourds. Il se sentit glisser sur une sorte de tapis qui bougeait, ballotté de nouveau. Puis des voix s'échangèrent des questions et des réponses intrigantes :

— Rien à déclarer ?

— Non, monsieur le douanier.

— Ouvrez ce bagage, s'il vous plaît. Et ça, qu'est-ce que c'est ?

— Je ne sais pas. C'est vous les enfants qui avez rapporté cette bouteille vide ? Denis, réponds ! Et toi, Robert, ne fais pas l'innocent ! Ce n'est pas encore une de vos mauvaises blagues, je l'espère !

Une autre voix, une voix de femme inquiète, intervint :

— Et... et qui l'a vidée cette bouteille ? C'est vous les jumeaux ?

— Ce n'est pas nous ! protestèrent les deux garçons. On le jure. C'est juste un souvenir.

Angus avait essayé de suivre cette conversation passionnante, mais il en perdait le fil. Sans doute à cause des vapeurs de l'alcool qui flottaient dans le flacon et qui lui embuaient encore trop l'esprit.

Où était-il ? Comment se faisait-il qu'il ne parvenait pas à sortir de cette satanée prison de verre alors que d'habitude il passait sans difficulté à travers les murailles de pierre les plus épaisses ?

Était-ce de la part du Ciel une manière de le punir à nouveau ou de lui rappeler métaphoriquement qu'il était depuis trop longtemps lui-même prisonnier de son malheureux penchant pour le whisky ?

Toujours est-il qu'il lui fallut attendre plusieurs jours dans ce logis inconfortable avant que les jumeaux, Denis et Robert, se décident enfin à déboucher la fatidique bouteille. Le résultat ne se fit pas attendre. Angus avait accumulé tant de frustration qu'il en jaillit sous la forme d'un nuage de gaz sous pression qui pshitta avec une telle force que ses deux jeunes bourreaux reculèrent de surprise.

Angus en profita pour s'éclipser aussitôt en se glissant dans la bouche d'air chaud du chauffage central dont les conduits de fer blanc le menèrent au sous-sol dans une grande pièce décorée avec un parfait mauvais goût. Il en fit le tour à la recherche d'une bonne cachette. Il essaya d'abord la cheminée au-dessus de laquelle était accrochée une tête d'orignal. Il en sortit couvert de suie. Il souleva la peau d'ours polaire étalée sur le plancher. Elle était trouée par les mites. Il tenta de se glisser dans une armoire. Il reçut sur la tête une avalanche de bâtons de baseball et de boules de quille.

C'est alors qu'il avisa une grosse boîte vitrée qui lui parut l'abri idéal.

Le malheureux Angus ignorait qu'il s'agissait en fait d'un téléviseur 42 pouces plasma. Erreur regrettable, car, lorsque le soir venu, à la demande de sa femme et de ses enfants, Gaston appuya sur le bouton ON de sa télécommande, un hurlement sortit de l'appareil qui se mit à cracher de la fumée et des flammèches électriques.

C'était Angus qui était en train de flamber, victime d'une décharge d'au moins neuf mille volts.

— Il va falloir changer cette mozusse de télé. On n'a plus d'images, rien que de la friture ! maugréa Gaston en se levant de son *lazy-boy* et en assénant un vigoureux coup de poing sur le sommet du meuble.

Pâquerette tenta bien de le calmer :

— Du calme, Gaston, ne t'énerve pas mon chéri.

Mais Gaston n'était pas du genre à renoncer facilement et, pendant une bonne demi-heure, il multiplia les manœuvres réparatrices sans savoir que, pendant qu'il boxait sa télé et pitonnait sa zapette sans résultats, notre pauvre fantôme continuait de subir la torture par électrocution répétitive. Supplice qui dura jusqu'à ce que l'obstiné père de famille, s'avouant enfin vaincu, appuie sur le bouton OFF et invite tout le monde à aller se coucher.

Et c'est à ce moment-là que, les cheveux roussis et le linceul à moitié brûlé, Angus osa enfin quitter sa douloureuse position pour se remettre prudemment en quête d'un autre logis. Il essaya le réservoir dissimulé sous l'escalier. Il ressortit en se bouchant le nez, souillé de mazout de la tête au pied. Il n'eut guère plus de succès avec le congélateur qu'il dut abandonner, couvert de givre et de glaçons après avoir partagé l'espace disponible avec une douzaine de tourtières du lac Saint-Jean et une énorme dinde.

Pour Angus, la situation prenait un tour désespéré et c'est presque sans réfléchir qu'il fit une dernière tentative en trouvant refuge cette fois dans la machine à laver où il passa presque une semaine blotti au milieu du linge sale jusqu'à ce que le malheur frappe à nouveau le samedi suivant quand vint le jour de lavage. Angus dormait. Pâquerette le prit pour un drap sale et, avant qu'il ait put pousser le moindre Hou ! de protestation, elle lui fit subir un cycle complet de décrassage intensif dans un tourbillon d'eau froide additionnée de lessive extra moussante. Puis, sans même lui laisser le temps de reprendre son souffle, elle le fourra dans la sécheuse, le repassa, le plia et le rangea dans sa lingerie entre les serviettes éponge et les torchons.

Quelle humiliation pour un fantôme de qualité qui, au temps de Sa Majesté la reine Victoria, n'avait qu'à se montrer pour que s'évanouissent les dames prenant le thé et que les gentlemen fumant leur cigare voient leurs cheveux blanchir d'un seul coup !

Hélas ! Où était sa chère Écosse et dans quelle sorte de contrée barbare se trouvait-il exilé ? Qu'allait-il devenir s'il n'avait plus de retraite pour se reposer le jour ni personne à terroriser la nuit ?

Angus se souvint alors de la petite Charlotte. Avec elle, au moins, il était assuré de lui faire un peu peur. Il attendit donc que la maisonnée fut profondément endormie et, quand il n'entendit plus le moindre bruit, il se risqua à monter au premier étage du bungalow, avançant à pas prudents et craignant à chaque instant d'être à nouveau victime d'une attaque sournoise des électroménagers et autres engins électriques dont il entendait les ronronnements menaçants et voyait briller dans le noir les dangereux boutons.

Charlotte dormait et, en comparaison, la chambrette tendue de rose de la fillette lui parut un havre de paix si réconfortant qu'avant de commencer sa séance d'épouvante, il décida de se donner un petit moment de répit. C'est alors qu'il aperçut, dans un coin de la pièce, une maison de poupée, un adorable modèle réduit de cottage victorien rempli de meubles anciens miniatures qui lui rappela tant son ancien logis des Highlands qu'il ne put résister à la tentation de se rapetisser lui-même à une taille de trois pouces et demi pour pouvoir en faire une visite plus approfondie. Angus ne le regretta pas. La maisonnette offrait un confort douillet avec son canapé fleuri, son sofa invitant et son lit minuscule recouvert d'un édredon douillet. Bref, il trouva l'endroit si agréable qu'il décida de s'y installer, oubliant du même coup de terroriser la petite Charlotte qui continua à dormir en suçant son pouce.

Finalement, Angus resta dans cette maison-jouet non pas une nuit mais plusieurs semaines, en prenant ses aises et en retrouvant progressivement confiance en lui, si bien que le deuxième mercredi du mois suivant, tout ragaillardi, il décida de se remettre au boulot en essayant de semer un peu l'effroi chez les autres membres de la famille Sansfaçon. Par contre, quelle apparence allait-il adopter pour y parvenir ? Autre pays, autres mœurs. Il n'était pas certain que ses anciens déguisements comme celui du pirate à la jambe de bois, celui du barbier fou au rasoir ensanglanté ou de l'officier de Waterloo à la tête emportée par un boulet de canon auraient l'effet escompté.

Il valait mieux utiliser des accessoires locaux qui frapperaient l'imagination de ses futures victimes. À la place des classiques chaînes aux pieds, Angus accrocha donc à ses chevilles un train de casseroles trouvées dans la cuisine et, en guise de costume, il opta pour une panoplie composite formée d'un saladier orné d'un plumeau, d'un masque de hockey, d'une cape de Superman, d'un T-shirt des Rolling Stones orné d'une bouche tirant la langue et d'une encombrante paire de raquettes à neige. Le tout étant du plus bel effet puisque, lorsqu'il passa devant le miroir de la salle de bains, il ne se reconnut pas lui-même et eut un sursaut de frayeur.

Côté sonore, Angus fut également assez satisfait du résultat. Les casseroles, qu'il traînait derrière lui, produisaient un joyeux tintamarre qui ne tarda pas à tirer du lit Gaston Sansfaçon, lequel, très en colère, ouvrit brusquement la porte de sa chambre.

— C'est quoi ce raffut ? Et puis, qui êtes-vous ? Que faites-vous chez moi ?

Angus, désarçonné par cette réaction intempestive, eut un moment d'hésitation avant de répondre d'une voix théâtrale :

— Je suis Angus MacAdam, le fantôme écossais qui hante cette demeure.

— Je le savais !

— Vous le saviez ?

— Évidemment, je n'aurais pas dû me bourrer de ces cochonneries avant de me coucher.

Angus fut assailli d'un doute.

— Vous tremblez de peur, n'est-ce pas ?

— Non, je me sens juste un peu mal.

— Mais vous devriez pourtant, à ma vue, claquer des dents et avoir les cheveux qui se dressent sur la tête !

— Pas du tout.

— Pourquoi ?

— Parce que vous n'existez pas ! Je ne crois pas aux fantômes.

42

Cette fois Angus s'offusqua.

— Comment ça, je n'existe pas ! Je suis bien là devant vous pourtant !

— Non. Vous êtes ma poutine format jumbo.

— Votre poutine ?

— Oui, je n'aurais pas dû avaler toutes ces frites et toute cette sauce brune avant de me coucher. Surtout après avoir fini, à moi tout seul, les restes de ce délicieux ragoût de pattes de cochon que m'avait mitonné ma chère Pâquerette. Cela m'aurait évité une bonne indigestion et ce genre d'hallucination. Mais ce n'est pas grave : un verre d'eau, une pincée de poudre digestive effervescente et vous allez disparaître.

— Pas du tout ! trépigna Angus en faisant s'entrechoquer bruyamment les casseroles attachées à ses pieds.

— Chut ! Arrêtez, vous allez réveiller ma femme et mes enfants. Bon… Bon… Si ça peut vous faire plaisir : vous êtes un fantôme et vous hantez notre maison. Très bien… mais arrêtez ce boucan ! Vous ne pouvez pas traîner des choses moins bruyantes ? Je ne sais pas, moi… prenez les coussins du divan.

Une voix à demi endormie se fit entendre derrière la porte entrebâillée de la chambre.

— Que se passe-t-il ? Gaston, tu parles avec qui ? Tu as vu l'heure ?

— Voilà, vous êtes content ? s'exclama Gaston, fâché, vous avez réveillé Pâquerette… Ce n'est rien, ma chérie. Je me suis cogné les orteils contre le réfrigérateur et une casserole est tombée sur le plancher. Rendors-toi !

À l'intérieur de la pièce, la lumière s'alluma. La porte s'ouvrit toute grande et, achevant de nouer la ceinture de sa robe de chambre, la tête hérissée de bigoudis, Pâquerette apparut sur le seuil.

Elle se frotta les yeux :

— Gaston, tu n'étais pas encore dans le frigo… Tu m'avais promis… Mais… Mais qui c'est celui-là ? s'écria-t-elle, étonnée, en découvrant soudain Angus. C'est toi qui as laissé entrer en pleine nuit cet hurluberlu déguisé en mardi gras ?

— Non, il dit qu'il est un fantôme.

— Un fantôme, tu dis ? Voyons, ça n'existe pas les fantômes.

— C'est ce que je me tue à lui dire, bout de cierge. Mais au fait : tu le vois toi aussi ? Pour moi, chérie, je pense que nous faisons le même cauchemar.

Angus, excédé de se trouver ainsi exclu de ce passionnant échange, provoqua un nouveau concert de casseroles qui parut faire changer d'avis madame Sans-façon.

— Finalement, il a l'air d'être vrai… D'où vient-il ?

— D'Écosse à ce qu'il dit.

Pâquerette Sansfaçon hocha la tête.

— Tu vois, je te l'avais bien dit : quand on voyage, on ramène toujours des sale-tés. Notre voisine, l'an passé, c'étaient des coquerelles. Maintenant nous voilà avec un fantôme !

Pâquerette se tut et parut réfléchir avant de poursuivre :

— En tout cas, à ton fantôme, réel ou pas, dis-lui de remettre en place mes cas-seroles et, s'il veut se rendre utile, qu'il passe plutôt la vadrouille. Et s'il lui reste du temps, qu'il efface donc cette tache rouge qui est apparue sur la moquette du salon. J'ai beau la frotter, elle revient tou-jours. Bon, maintenant, allons nous re-coucher. Moi aussi je me lève tôt demain matin.

Et, avant qu'Angus ait eu le temps de pousser le moindre cri lugubre à glacer le sang, il se retrouva seul dans le cou-loir devant une porte close.

— Attendez ! cria-t-il, désolé. Mais at-tendez ! Ce n'est pas de cette façon que les choses sont censées se dérouler. Revenez !

Une autre porte s'ouvrit et deux têtes rousses grimaçantes sortirent de l'ombre. C'étaient les deux abominables jumeaux que tout ce tapage avait arrachés des bras de Morphée.

— Hé ! Hé ! Regardez donc qui est là ! ricana Denis-la-Peste.

— Si ce n'est pas notre fantôme en bouteille ! s'écria Robert-le-Choléra. Tu vas voir ce qu'il en coûte de s'échapper !

Angus savait trop bien de quoi étaient capables ces deux démons. Il préféra battre en retraite aussi vite que ses raquettes le lui permettaient, libérant à chaque enjambée un des bruyants accessoires dont il s'était affublé.

Vaine tentative pour s'échapper car, armés d'oreillers et de traversins, les jumeaux se lancèrent à sa poursuite en le frappant à tour de bras.

— Tiens, prends ça ! Et encore ça !

— En veux-tu encore ? En voilà !

Angus, comme tous les fantômes, était un être immatériel. La volée de coups qu'on lui assénait ne lui faisait donc ni bleus ni bosses. Elle avait plutôt pour effet de disperser les particules phosphorescentes dont il était constitué, un peu comme le vent chasse la poussière. En d'autres mots, Angus ne souffrait pas

46

vraiment, mais il ne savait plus où donner de la tête pour la bonne et simple raison qu'il ne savait plus où celle-ci était rendue malgré les efforts qu'il déployait pour rassembler les morceaux de sa personne qui volaient dans tous les sens.

Heureusement pour lui, comme cela se produit généralement dans ce genre de bataille, les oreillers et les polochons finirent par se déchirer, libérant une telle pluie de plumes et de fin duvet qu'à la faveur de cet écran providentiel, il put opérer une prompte et honteuse retraite en direction de la chambre de Charlotte.

5

DES MONSTRES DANS LA VILLE

Traumatisé par sa dernière aventure nocturne, Angus resta à nouveau enfermé dans sa maison de poupée pendant au moins un mois, osant à peine pousser de temps en temps un misérable « Bouh ! » qui ressemblait plus à un soupir ou à un sanglot étouffé qu'à un cri à vous donner des sueurs froides et à vous faire claquer des dents.

Parfois, il se risquait bien encore à oser une brève incursion hors de sa cachette, mais c'était toujours sur la pointe des pieds et avec la crainte permanente de tomber sur les deux lascars infernaux qui avaient juré de le persécuter jusqu'à ce qu'il en meure de honte. Crainte d'ailleurs très justifiée, car Robert et Denis semblaient bel et bien avoir fait de la chasse au fantôme leur sport favori.

Le pauvre Angus était donc continuellement sur ses gardes. Devait-il franchir une porte, il se demandait s'il n'allait pas recevoir une chaudière d'eau sur la tête. S'engageait-il dans un corridor désert, il surveillait si l'un ou l'autre de ses bourreaux n'était pas embusqué à l'autre bout et n'allait pas surgir avec un tuyau d'aspirateur à la main pour le happer dans le sac à poussière de l'appareil et, comme ils l'avaient déjà osé, lui faire passer le reste de la nuit dehors, au fond de la poubelle, parmi les restes de pizza et de spaghetti. Expérience autant humiliante que pénible dont il était ressorti le linceul tout taché. Ce qui lui faisait courir alors un autre risque terrible : celui de tomber entre les mains de Pâquerette Sansfaçon qui, en bonne ménagère soucieuse de propreté, lui ferait subir une nouvelle fois le supplice d'un passage à la machine à laver suivi d'un essorage vigoureux et d'un repassage au fer brûlant...

Angus faisait pourtant preuve d'une bonne volonté évidente. Il cherchait à comprendre les us et coutumes de cette famille étrange dont il était devenu l'hôte forcé.

Se rendant invisible pour plus de sécurité, tantôt il flânait dans l'atelier où il observait Gaston et, quand celui-ci avait quitté les lieux, il en profitait pour jouer avec la télécommande de la porte de garage ou faisait démarrer la souffleuse et la scie à chaîne. Tantôt, il suivait Pâquerette dans la cuisine, regardait par-dessus son épaule pendant qu'elle préparait ses bons petits plats. Il essayait même de l'aider en ajoutant à ceux-ci tout le contenu de la salière et de la poivrière. Chaque matin également, après une demi-heure de gymnastique matinale en compagnie de madame Sanfaçon, il accompagnait celle-ci dans la salle de bains pour la pesée quotidienne et, avec un haltère de dix livres dans chaque main, il s'amusait à monter derrière elle sur la balance pendant qu'elle se pesait en s'affligeant en même temps qu'elle de voir la petite aiguille dépasser la marque fatidique des cent kilos.

Plusieurs soirs de suite, mettant toujours à profit son invisibilité, il alla même jusqu'à espionner les jumeaux alors que ceux-ci jouaient à leurs jeux vidéo de guerre préférés ou visionnaient, tout excités, leurs films d'horreur favoris.

Encore une fois, l'infortuné Angus en sortit ébranlé. Décidément, le monde avait bien changé ! Comment faire peur à des enfants qui, rivés à l'écran de leur ordinateur, mitraillaient ou découpaient en rondelles, à coups de sabre japonais, plus de cent mille personnes à l'heure ? Comment impressionner des garçons qui n'avaient pas encore de poils au menton, mais qui riaient aux éclats en voyant des momies répugnantes sortir de leurs tombes ou des tyrannosaures croquer du monde tout rond ? Que valaient ses petites démonstrations d'acteur à l'ancienne mode face au grand cirque de l'épouvante de films comme *Petit déjeuner chez les vampires, Massacre à la tondeuse à gazon, L'école des zombies, Terreur au dépanneur, Le tueur de pères Noël* ou *L'assassin habite au 621 bis, 3e porte à droite* ? Jadis, les gens étaient si faciles à effrayer et, maintenant, non seulement rien ne semblait leur faire peur, mais ils étaient devenus eux-mêmes effrayants. Se pouvait-il que tous les parents du monde et tous leurs enfants soient devenus comme les membres de cette famille ? Qu'ils mangent tranquillement en regardant leurs machines à images leur montrer des villes qu'on bombarde, des autos piégées qui explosent, du sang qui coule à flots, des blessés qu'on ampute, des bébés affamés qui hurlent sous l'œil insensible de la caméra ?

Angus ne croyait pas si bien dire et, par une belle nuit glacée de la fin du mois d'octobre, il faillit bien penser que ça y était : l'univers entier avait sombré dans un cauchemar peuplé de créatures si effroyables que désormais il lui faudrait songer pour de bon à la retraite s'il ne voulait pas mourir une deuxième fois. De peur cette fois.

Ce jour-là, il était bien tranquillement installé dans la maison de poupée de la petite Charlotte, lorsqu'il entendit une voix fluette, mais pourtant familière, qui lui demandait :

— Tu es là ?

Il resta coi, figé de stupeur.

— Je sais que tu es là même si je ne te vois pas, insista la voix. Tu as déplacé ma dînette et le fauteuil de ma Barbie.

Angus fut saisi de panique. Catastrophe ! Son ultime cachette était décou-

verte ! Il jeta un coup d'œil par la minuscule fenêtre de son salon.

Horreur ! Ce n'était pas Charlotte qui lui parlait comme il le pensait, mais une horrible sorcière coiffée d'un chapeau pointu. Une créature affreuse au visage vert et au nez couvert de verrues qui lui souriait de ses dents jaunes en lui disant :

— Comment tu me trouves ? Affreuse n'est-ce pas ?

Il eut une telle frousse qu'il chercha comme d'habitude son salut dans la fuite, mais à peine eut-il quitté la chambre de Charlotte que deux créatures encore plus épouvantables se dressèrent devant lui. L'une avait un énorme crâne carré dont les morceaux semblaient cousus et retenus par deux grosses vis qui lui sortaient des tempes. L'autre était pire encore : un monstre sans visage avec, sur les épaules, une citrouille dans laquelle étaient taillés de manière grossière deux yeux triangulaires et une bouche édentée. Angus se mit à courir dans tous les sens en proie à l'affolement le plus total si bien que, sans même s'en apercevoir, il traversa le mur du hall d'entrée et se retrouva sur le trottoir où il resta pétrifié comme un vieux drap oublié sur une corde à linge par une nuit de grand froid.

Le cauchemar continuait. La rue entière était envahie de petits monstres qui sonnaient aux portes. Il voulut retourner dans la maison. Un squelette et un vampire l'accostèrent.

—Il est pas mal ton costume. C'est chouette ! Comment tu fais pour avoir cette lumière verte autour de toi ?

D'autres créatures l'entourèrent, l'accablant de mille questions.

Angus n'avait plus aucun doute. C'était une invasion. Tous ces monstres sortis de l'enfer avaient l'air de se liguer contre lui pour lui faire passer un mauvais quart d'heure. Mais pourquoi tant d'acharnement ? Parce qu'il était un étranger ? Parce qu'il n'était pas comme eux ? Trop scotish ? Trop ancienne manière ? Quel malheur allait encore s'abattre sur lui maintenant qu'il n'avait nulle part où se réfugier ? Que lui resterait-il à hanter : les niches à chien, les cabanes à moineaux ?

En désespoir de cause, Angus fut bien tenté de disparaître et de se transformer en courant d'air pour échapper à ces hordes d'enfants monstrueux. Mais il eut beau se concentrer très fort pour y arriver, impossible. La peur semblait lui ôter tous ses pouvoirs surnaturels. Que faire ? Angus ne prit pas le temps de se poser la question trop longtemps. Il se mit à courir au milieu de la rue en battant des bras comme un grand oiseau blanc qui cherche à s'envoler.

Il vit des torches électriques s'agiter autour de lui. Il entendit crier :

—Attention ! Arrêtez ! C'est dangereux : il y a des voitures ! Ne restez pas sur la chaussée ! Vous êtes fou !

Plusieurs petits monstres voulurent le rattraper. Son linceul blanc flottant au vent, il fila encore plus vite, contraignant ses poursuivants à abandonner la partie l'un après l'autre.

Soudain, il s'arrêta et jeta un coup d'œil autour de lui.

Il était perdu.

Angus frissonna, imaginant le pire.

Il sentit quelqu'un qui lui secouait le bas de son drap mortuaire. Il se retourna vivement. C'était la petite sorcière qui l'avait chassé de sa maison de poupée.

—Aaaaaaah ! sursauta Angus. Que me voulez-vous ? Ayez pitié de moi !

La sorcière, cette fois, éclata de rire.

—Pourquoi te sauves-tu ? Tu ne me reconnais pas ? C'est moi, Charlotte !

—Charlotte ? s'étonna le fantôme. Ce n'est pas possible ! Que t'est-il arrivé ? Tu t'es transformée en monstre toi aussi ?

La fillette se remit à rire de bon cœur.

— Voyons, ce n'est qu'un déguisement ! Ce soir, c'est l'Halloween.

— Halloween ?

— Oui, la fête des morts. Tous les enfants s'amusent à jouer les revenants et à s'habiller en créatures infernales. Profites-en, c'est un peu ta fête. Viens, nous allons faire le tour du quartier. Avec toi à mes côtés, je suis sûre de recevoir assez de bonbons pour me sucrer le bec jusqu'à Pâques.

— Et tes frères, je ne risque pas de les rencontrer ? s'enquit Angus à demi convaincu.

— Rassure-toi, lui répondit la fillette, ils sont partis veiller chez des amis pour voir des films d'horreur. Tu ne risques pas de tomber sur eux. D'ailleurs, tu ne devrais pas les redouter autant. Ils ne sont pas si méchants… Stupides, ça oui ! Alors, tu viens ?

Déjà échaudé à plusieurs reprises lors de ses précédentes rencontres avec les membres de la famille Sansfaçon, Angus hésita un moment avant d'accepter l'invitation. Il se souvint cependant que la petite Charlotte avait été la seule à ne jamais lui jouer de vilains tours.

Malgré ses craintes, il décida donc de l'accompagner.

Quelle surprise ! Contrairement à ce qu'il s'était imaginé, la cité qui s'offrait à ses yeux n'avait rien d'un enfer peuplé de diables faisant rôtir à la broche des damnés ou les mettant à bouillir par paquets de douze dans de grandes marmites. Les rues étaient bordées de coquettes maisons toutes identiques entourées de haies bien taillées.

—Comment s'appelle cette ville ? demanda Angus.

—Boucherville, répondit Charlotte.

—Et tu es certaine que je ne serai pas attaqué, déchiré, piétiné, transformé en charpie par des vauriens comme tes frères ?

—Mais non, ici, il ne se passe jamais rien.

Angus restait pourtant sur ses gardes. Quand ils empruntèrent l'allée menant à un premier cottage décoré de chauves-souris et d'araignées géantes, il eut un mouvement de recul en entendant aboyer furieusement.

Charlotte le tranquillisa.

—Aucun danger ! C'est Ponpon, le chien des voisins. Il ne ferait pas de mal à une mouche.

Effectivement, la porte s'ouvrit et, remuant la queue, un bichon sortit sur la galerie suivi d'une femme d'un certain âge qui les accueillit joyeusement, un plateau de friandises à la main.

— Bonsoir, les enfants ! Toi, tu es la petite Sansfaçon, n'est-ce pas ?

Charlotte acquiesça en tendant son sac dans lequel la charmante vieille dame fit tomber une pluie de sucettes et de caramels en papillote.

— Et lui, le fantôme, c'est qui ?

— C'est mon ami, répondit Charlotte.

— Eh bien, on dirait un VRAI... Son costume est vraiment très réussi.

Ce genre de compliments alla droit au cœur d'Angus et lui fit oublier bien vite les persécutions et les avanies subies depuis son arrivée au Québec. Du coup, il récupéra sur-le-champ sa faculté de changer d'apparence à volonté et décida de se montrer, à chaque maison visitée, sous un déguisement différent, apparaissant tour à tour sous les oripeaux de l'affreux pirate à la barbe de feu ou du célèbre fantôme à la tête de veau avec du persil dans les naseaux ou encore du non moins redoutable spectre qui puait des pieds. Représentations qui lui valurent un franc succès et permirent à Charlotte de remplir sa poche de sucreries à une vitesse qui fit l'envie des autres enfants du quartier.

C'est, avec regret qu'Angus, après cette tournée triomphale, prit le chemin du retour. Pour la première fois, il s'était senti presque heureux. Sensation qu'il n'avait plus éprouvée depuis des siècles et qui lui rappela l'heureux temps où, acteur adulé, on l'applaudissait sur toutes les scènes de Grande-Bretagne, le temps où, célèbre et éperdument amoureux, il rêvait encore d'épouser la femme de sa vie, la tendre et belle lady Gwendoline.

6

FANTÔME.COM

C'est sans doute le souvenir de ce trop court moment de bonheur qui poussa Angus à se laisser aller à des confidences lorsque, pendant le retour à la maison, sa jeune amie lui posa la question qui l'intriguait depuis un certain temps.

— Comment es-tu devenu un fantôme ?

Angus poussa un long soupir douloureux.

— C'est une très longue histoire… Voilà plus de quatre cents ans qu'elle m'empêche de dormir. J'aimais lady

Gwendoline et lady Gwendoline m'aimait. Seulement voilà, son père, le comte de Lammermuir, ne voyait pas cette liaison d'un bon œil. Nous avions donc décidé de jouer au château *Roméo et Juliette*, une pièce de théâtre émouvante susceptible de l'attendrir. J'avais un trac fou et, ce soir-là, je dois l'avouer, pour me donner un peu de courage et affronter les regards sévères du comte, j'avais pris un petit coup de whisky, si bien que j'étais un peu éméché. Dans la scène du balcon, j'avais déjà failli dégringoler de mon échelle en entraînant Gwendoline avec moi. Mais la vraie catastrophe m'attendait au cinquième acte.

— Que s'est-il passé ?

— Comme c'était écrit dans la pièce, croyant par erreur que ma Juliette-Gwendoline était morte, moi, Roméo inconsolable, je devais vider ma coupe de poison et expirer joliment en embrassant ma bien-aimée sur les lèvres après avoir lancé ma fameuse réplique qui devait arracher des larmes aux spectateurs présents : « *Je meurs ainsi sur un baiser…* » Vous connaissez la suite ?

— Non.

— Non ? Eh bien, ensuite, Juliette était censée se réveiller, me découvrir sans vie, s'emparer de mon poignard et se l'enfoncer dans la poitrine après m'avoir, elle aussi, embrassé en soupirant : «*Je veux baiser tes lèvres. Peut-être y trouverais-je un reste de poison. Ah ! Tes lèvres sont chaudes*, etc… etc…»

Puis rideau et applaudissements. Félicitations chaleureuses du comte tout ému. Et hop, le mariage était dans la poche !

—Et ce n'est pas ce qui s'est produit ?

—Je ne crois pas. Je me souviens seulement du grand cri poussé par Gwendoline. J'ai beau me creuser la tête, je ne me rappelle plus rien. Le trou noir. Comme si le temps s'était arrêté. À mon grand désespoir, même le visage de ma chère Gwendoline s'est effacé de ma mémoire. Ce que je sais, par contre, c'est que j'ai commis quelque chose d'épouvantable et que, tant que je n'aurai pas retrouvé le souvenir précis de ce qui est advenu au cours de cette soirée tragique, je ne serai jamais en paix, et mon âme en peine continuera d'errer à la recherche de ce terrible secret.

Charlotte, qui l'avait écouté avec une attention teintée de pitié, lui suggéra :

—Il doit pourtant y avoir un indice qui te mettrait sur la voie. Tiens, par exemple, cette histoire de tache rouge.

Celle que j'ai vue au château et celle qui est apparue sur la moquette de notre salon et que maman essaie en vain de nettoyer… Cela ne te dit rien ?

Angus parut troublé.

— Oui, la tache rouge ! Effectivement, chaque fois que je passe devant elle, mon cœur se serre… Pourquoi ? Pourquoi ? C'est comme cette Dame verte que je croisais parfois dans la bibliothèque de Lammermuir… Que voulait-elle me dire quand elle me suppliait : « Souviens-toi, Angus ! Souviens-toi ! » ?

Charlotte hocha la tête.

— Pour éclaircir tout ça, il faudrait que tu retournes là-bas.

Angus prit un air accablé.

— Bien sûr. Mais je suis maintenant à des milliers de kilomètres de ma chère Écosse, c'est impossible.

Charlotte parut réfléchir. Tout à coup, son visage s'illumina.

— Avec les nouvelles technologies, la distance n'est plus un problème. Il y a une solution : Internet !

— Internet ?

— Oui, avec Internet nous trouverons certainement la clé de l'énigme…

Dès le lendemain, après l'école, Charlotte se mit donc devant son clavier d'ordinateur et tapa dans la barre de recherche les mots clés « château de Lammermuir » et « fantôme d'Angus MacAdam ». Instantanément l'écran afficha 237 421 entrées.

Angus, qui se tenait derrière la fillette, exprima sa surprise :

— Je ne savais pas que j'étais aussi célèbre !

— Regarde, s'écria Charlotte, il y a ici un article qui a l'air intéressant : DÉCOUVERTE MACABRE DANS LES OUBLIETTES D'UN CHÂTEAU ÉCOSSAIS ! Veux-tu que je te le lise ?

Angus acquiesça.

« Deux ouvriers, qui effectuaient des réparations dans les caves du château de Lammermuir, ont découvert par hasard un cachot secret qui avait été muré il y a près de quatre siècles. Celui-ci contenait un squelette enchaîné qui pourrait être celui d'Angus MacAdam, un acteur célèbre de l'époque élisabéthaine. Le défunt tenait encore entre ses doigts un exemplaire de la pièce de Shakespeare, Roméo et Juliette, *dont plusieurs pages avaient été arrachées et la couverture de cuir bizarre-*

ment rongée. Certains experts y ont vu l'œuvre des rats, mais lord Duncan, l'actuel propriétaire du château, pense que le comédien aurait pu mourir de faim et de soif et en être réduit à manger les livres qui avaient été jetés pêle-mêle dans sa cellule. Selon le comte de Lammermuir, cette hypothèse recouperait une longue tradition familiale voulant qu'après la mort accidentelle d'une de ses ancêtres au cours d'une représentation théâtrale au château, l'acteur, responsable de cette tragédie, ait été emmuré vivant afin d'expier son crime. »

Charlotte cessa de lire et se tourna vers Angus.

— Cela te dit quelque chose ?

Blême et plus fantomatique que jamais, Angus secoua la tête en proie à une vive émotion.

— Oui… Oui ! Toutes sortes d'images et de bruits défilent et résonnent dans ma tête. Le poignard… Le cri de ma chère Gwendoline… La flaque de sang sur le tapis… Les vociférations du comte… Les domestiques qui m'empoignent… Puis les ténèbres. Tout cela est encore bien vague. Ah ! Il ne fait pas de doute que si j'étais sur place, je parviendrais à me remémorer ce qui s'est réellement passé et à découvrir le terrible secret qui me condamne à errer comme une âme en peine.

Quelques coups frappés à la porte de la chambre forcèrent Charlotte et Angus à interrompre leur conversation.

— Charlotte, avec qui parles-tu ?

— Avec personne, maman.

— Il est cinq heures, ma chérie. Il est l'heure de souper. Descends ! Si tu es à l'ordinateur, éteins-le. Tu as compris ?

— Oui, maman, juste une minute ! répondit Charlotte sur le ton obéissant de la fillette-irréprochable-qui-pourtant-n'en-fait-qu'à-sa-tête.

Les deux complices attendirent un moment.

Bruit de pas qui s'éloignent. Grincement de porte qui se referme.

Silence.

— Angus, tu es encore là ? chuchota Charlotte.

— Oui, murmura Angus.

— Où ça ?

— Dans le coffret à bijoux sur la commode.

— Tu peux te faire si petit que cela ? s'étonna Charlotte.

— Bien sûr ! Je suis fait de particules flottantes. Quand le sort me le permet, je peux prendre toutes les formes que je veux et quand je me volatilise, je pourrais passer par le chas d'une aiguille.

Cette dernière remarque fit réfléchir la jeune Charlotte qui s'écria :

— Eurêka ! J'ai une idée ! C'est un peu risqué, mais pourrais-tu rentrer dans mon ordinateur ?

— Sans difficulté, pourquoi ?

— Eh bien, je pourrais essayer de t'enregistrer sur mon disque dur, écrire un courriel au propriétaire du château et t'envoyer en pièce jointe. Tu serais chez toi le temps d'un clic de souris. Qu'en penses-tu ?

Angus, qui ne comprenait pas grand-chose à toutes ces nouvelles technologies, se gratta le linceul.

— Vous êtes certaine que cela peut fonctionner ? En plus, je n'aime pas tellement les souris !

Charlotte opina de la tête.

— Qu'as-tu à perdre puisque tu es déjà mort ? Tiens, je t'ouvre le lecteur de CD. Tu es prêt ?

Angus hésita encore un peu, mais juste à cet instant, un bruit de cavalcade accompagné de hurlements et de coups de poing dans les murs se fit entendre dans le couloir.

C'étaient les terribles jumeaux qui rentraient en se chamaillant.

— Ce soir, c'est mon tour de chasser le fantôme ! cria l'un.

— Non, c'est à moi de faire peur à ce vieil idiot de fantôme. Ouh ! Ouh ! Ouh ! hurla l'autre. Et puis, il faut en profiter parce que j'ai entendu papa qui disait à maman qu'il en avait assez de tout ce tapage nocturne et qu'il allait faire venir l'exterminateur. Il a ajouté : « Si c'est bon pour les coquerelles, ça doit être bon pour les revenants. »

La perspective d'être fumigé et traité comme de la simple vermine acheva de convaincre le pauvre Angus qu'il n'avait d'autre choix que de se faire réexpédier au plus vite dans sa chère Écosse.

— Allons-y ! Adieu Charlotte, je ne vous oublierai jamais ! souffla-t-il.

— Adieu ! répondit tristement la fillette essuyant une larme avant de cliquer à l'écran la case ENVOYER.

Et en une seconde, Angus, dématérialisé par la magie de l'informatique, se retrouva à l'autre bout du monde dans le portable de lord Duncan de Lammermuir qui était justement en train d'ouvrir son courrier électronique. L'écran clignota et Angus en sortit sous la forme d'un nuage

de fumée accompagné de petits crépite-
ments électriques.

— Oh ! My God ! Quelle est cette nouvelle diablerie s'exclama le comte Duncan en sortant précipitamment de son
bureau.

7

LE RETOUR
AU PAYS

Tout étourdi par son voyage à la vitesse de la lumière, Angus se secoua pour se débarrasser des flammèches électriques qui jaillissaient de son corps.

Il risqua un œil à l'extérieur de la pièce.

Personne.

Il faisait nuit.

Le manoir entier semblait profondément assoupi et rien n'avait changé. Les armures montaient toujours la garde et les têtes de cerfs empaillées continuaient à fixer les ténèbres de leurs yeux vides.

Minuit sonna et, par habitude, sans même vraiment y penser, Angus se remit à faire sa ronde à travers les deux cent cinquante-trois pièces du château, retrouvant naturellement les gestes d'autrefois et poussant ici et là un ululement désespéré ou un gémissement lugubre.

C'est alors qu'en passant devant l'office, il se retrouva face à face avec une de ses anciennes connaissances, Malcolm, le majordome, qui le toisa d'un air sévère.

— Ah ! C'est vous ! Mais où diable étiez-vous passé ? Il y a plusieurs mois que vous ne vous êtes pas manifesté. Ce n'est pas très sérieux !

La mine basse, Angus hocha la tête, pendant que le distingué domestique continuait de lui faire des remontrances tout en consultant sa montre de gousset.

— En outre, si je ne me trompe, ce n'est pas votre jour… Et de surcroît vous êtes en retard ! Ah vraiment ! Vous me décevez énormément.

Angus, sans dire un mot, préféra s'éclipser. Il traversa le grand salon, la cuisine et la bibliothèque, remua quelques chaudrons, déplaça quelques livres, mais le cœur n'y était pas. Même la rencontre avec ses anciens collègues fantômes ne lui apporta pas le réconfort qu'il espérait. Le joueur de cartes eut beau l'inviter à sa table, le cornemuseur lui jouer un vieil air des Highlands, il paraissait avoir la tête ailleurs.

Il interrogea chacun de ses amis.

—Avez-vous vu récemment la Dame verte ?

Le chevalier, qui portait sa tête sous son bras droit, lui répondit :

—Non. Elle a disparu depuis ton départ.

—Moi, la dernière fois que je l'ai vue, elle descendait dans les sous-sols du château, miaula le chat noir à trois pattes.

—C'était peu après qu'on eut découvert ce squelette emmuré dans sa cellule, précisa une des moitiés de la femme coupée en deux.

Angus sursauta.

Cette histoire de squelette et de cellule, il l'avait presque oubliée. Mais maintenant, il était persuadé que la clé du mystère se trouvait là.

—J'ai connu moi-même un cachot semblable… L'un de vous peut-il m'y mener ?

— Moi ! proposa l'autre moitié de la femme fendue en deux. Je vous montrerai le chemin.

— Oui, mais ne t'éloigne pas trop longtemps ! rétorqua la première moitié.

Angus suivit donc le demi-fantôme qui, par un des passages nouvellement découverts, l'entraîna jusqu'au fond d'une sorte de cul-de-basse-fosse qui avait dû servir d'oubliettes à l'époque des anciens Pictes[7].

Bien que des plus sinistres, les lieux suscitèrent chez Angus une impression étrange de déjà-vu. Des armées de rats y grouillaient et de grandes toiles d'araignées y déployaient leurs voiles fragiles enveloppant d'inquiétants instruments de torture aux pointes et aux mâchoires menaçantes.

— Je ne vais pas plus loin ! prévint la demi-femme. Le lieu que vous cherchez est juste là.

Angus remercia sa portion d'amie et se glissa dans la geôle obscure qui s'éclaira d'une lumière verte phosphorescente émanant d'une gracieuse silhouette féminine.

Il reconnut aussitôt la Dame verte. Près d'elle était assis un squelette couvert de mousse dont les pieds étaient

---

7. Ancêtres des Écossais.

enchaînés à la muraille. De vieux livres se trouvaient éparpillés autour de lui et, au-dessus du malheureux, était gravé un texte qu'Angus se souvint d'avoir déjà lu :

Ainsi tu resteras,
misérable et abandonné
Tant qu'une enfant à l'âme pure
Sur toi n'aura pleuré
Alors l'arbre sec refleurira.
L'amour tu retrouveras...

Sans savoir pourquoi, à la lecture de ce passage, Angus pensa à Charlotte et sentit son cœur se serrer.

À cet instant, la Dame verte, qui jusque-là n'avait pas bougé, s'approcha de lui en laissant flotter dans les airs les longs plis de sa robe transparente.

— Te souviens-tu, Angus ? Te souviens-tu enfin ? répéta le spectre en se tordant les mains de désespoir.

À cet instant, Angus eut comme une illumination.

— Oui, je me souviens. Je me rappelle que j'ai déjà vécu ici et je sais qui est ce misérable prisonnier.

— Qui est-ce ? Dis-le, je t'en supplie !

— C'est moi-même. On m'a enfermé dans cette cellule infecte il y a quatre cents ans pour me punir d'un crime affreux...

— Continue, ne t'arrête pas, supplia la Dame dont la lumière verte se mit à irradier encore plus intensément.

— Hélas ! Trois fois hélas ! J'ai tué la femme que j'aimais. Je m'en souviens maintenant. Nous jouions *Roméo et Juliette*. J'avais bu. Nous en étions à la grande scène finale. Dans la pièce, Juliette venait de découvrir que je m'étais empoisonné et avait tiré ma dague pour se la plonger dans la poitrine. Mais... Mais...

— Mais quoi ? Mais quoi ?

— Ô maudite boisson ! Je m'étais trompé de poignard et au lieu de me munir d'une arme de théâtre inoffensive à lame escamotable, j'avais placé dans mon fourreau un couteau de cuisine à découper le rosbif.

— Et qu'arriva-t-il ?

— Ma malheureuse partenaire se le planta dans le cœur et le sang se mit à couler sur le tapis... à couler et à couler, formant une grande tache rouge qui ne cessait de s'élargir.

— Et sais-tu qui était cette infortunée Juliette ?

Angus resta silencieux un long moment, bouche bée, comme si, tout à coup, un éclair de vérité venait de lui traverser l'esprit. Puis, son visage s'épanouit et il s'écria avec un large sourire de bonheur :

—C'était toi ! Oui, la Dame verte, c'est toi Gwendoline ! Comment ne t'ai-je pas reconnue plus tôt !

—Oui, c'est bien moi ! pleura également de joie la revenante. Enfin, tu te souviens. Le lendemain du jour où je suis morte, quand tu t'es dégrisé, tu ne te rappelais plus rien, ni de mon nom ni du poignard. Si bien que mon père, fou de colère, te condamna à mourir de faim en te faisant emmurer ici avec la collection complète du théâtre de Shakespeare. « Il aime les pièces de ce monsieur, déclara-t-il… Eh bien, il aura tout son temps pour en dévorer chaque page ». Et c'est ce que tu as fait. Avant de mourir, tu as rongé les reliures et mangé presque toutes les pages des livres. Mais comme tu refusais inconsciemment de te remémorer avec précision les circonstances du crime que tu avais commis, ni l'un ni l'autre n'avons pu reposer en paix et, tous deux, des âmes en peine nous sommes devenues. Quel bonheur, mon cher Angus ! Penses-y ! Après cent quarante-six mille nuits d'insomnie nous allons pouvoir enfin DORMIR ! Et pour peu qu'une personne charitable enterre tes restes près de moi, dans le cimetière du château, c'est ensemble que nous pourrons goûter les délices d'un sommeil éternel… Es-tu heureux ?

Angus s'empressa de répondre que oui, bien sûr, il était heureux. Très très heureux. Cependant, il ne pouvait s'empêcher de penser qu'avant de s'assoupir pour l'éternité, il serait bon de revoir la petite Charlotte pour lui dire combien elle allait lui manquer et combien il allait s'ennuyer d'elle.

Gwendoline s'aperçut que quelque chose chagrinait son amoureux quatre fois centenaire.

— Qu'y a-t-il ?

— Il y a qu'avant que la mort nous unisse et, en même temps, nous sépare à jamais, j'aurais aimé te présenter une charmante fillette qui habite très loin d'ici. Une âme pure, sans l'aide de qui nous serions encore condamnés à hanter pendant des siècles ce château maudit.

Gwendoline soupira.

— Hélas, je ferais volontiers le voyage avec toi… mais comment nous y prendre ?

— Chère amie, je suppose que, comme moi, tu ne connais rien au courrier électronique ?

Gwendoline confessa qu'en matière de correspondance elle en était restée à la plume d'oie et au cachet de cire.

Au même instant, une voix grave, à l'accent distingué, se fit entendre à l'entrée du souterrain.

— Moi, je peux vous aider.

Angus se retourna.

— Malcolm ! s'étonna-t-il.

Le majordome épousseta son habit à queue de pie avant d'expliquer sa présence.

— Oui, monsieur le fantôme, je vous ai suivi et j'ai surpris une partie de votre conversation avec milady. Je vous promets de veiller à ce que vos ossements soient ensevelis dignement aux côtés de lady Gwendoline. Quant à votre dernier vœu, c'est avec plaisir que je vous viendrai en aide. L'ordinateur de monsieur le comte est justement ouvert. Ce sera un jeu d'enfant de vous téléporter où vous voudrez. Si monsieur et madame veulent bien me suivre.

Les deux spectres amoureusement enlacés se consultèrent du regard et acceptèrent la proposition du fidèle serviteur qui leur fit traverser une dernière fois les deux cent cinquante-trois pièces du château. En pénétrant dans le grand salon, une surprise les attendait.

Lorsqu'ils foulèrent le tapis du grand salon, Gwendoline poussa un cri.

—Regarde ! Regarde la tache.

—Quoi la tache ?

—Elle a disparu.

Seul le majordome ne parut pas plus étonné qu'il ne faut et, tout en continuant à marcher la tête haute, il fit remarquer aux deux fantômes.

—Ce n'est pas le seul prodige qui s'est produit aujourd'hui. Vous devriez jeter un coup d'œil par la fenêtre

Angus s'arrêta devant l'une des croisées de la bibliothèque et poussa un cri de surprise :

—Regarde, Gwendoline : l'arbre sec, dans l'entrée du manoir, on est en novembre et pourtant il est en fleurs !

8

ÉPILOGUE

Que se passa-t-il ensuite ? Difficile de le raconter car, comme vous le savez, les gens heureux n'ont pas d'histoire. Les fantômes heureux encore moins.

Il semble bien que Angus et sa bien-aimée séjournèrent quelques jours dans la demeure des Sansfaçon à Boucherville. Mais ni Charlotte ni Angus ne voulurent que la fragile Gwendoline n'ait de quelque façon à souffrir des frasques cruelles des incorrigibles jumeaux ou encore que, par inadvertance, elle ne se retrouve dans la laveuse de Pâquerette.

Ce fut encore une fois Charlotte qui trouva la solution.

— Grand-père a un chalet dans le Nord, au Lac-en-cœur. Il est abandonné. Avant de retourner en Écosse et de vous endormir à jamais dans le cimetière de Lammermuir, vous pourriez le hanter en amoureux ?

Angus et Gwendoline trouvèrent l'idée excellente. Ils apprirent un peu plus tard que la voie ferrée du petit train du Nord, qui menait autrefois à ce lac perdu, n'existait plus mais que, certains soirs, un train fantôme y circulait encore. Ils y embarquèrent et, à leur grand plaisir, ils y rencontrèrent plusieurs revenants eux aussi à la retraite.

En ce moment, c'est la fin de l'automne. Ils doivent être sur leur chaise longue au bord du lac. Ils regardent les arbres qui perdent leurs feuilles et les vols d'outardes qui passent dans le ciel. Angus doit réciter des vers à Gwendoline qui l'écoute les yeux fermés. Ils ne font plus peur à personne sinon aux écureuils et à quelques chasseurs venus troubler la quiétude de leur paradis retrouvé.

FIN

— Denis ? Robert ? C'est vous, mes petits démons, qui avez beurré de chocolat la moquette alors que je venais juste de réussir à faire disparaître la tache rouge qui la salissait ?

— C'est pas nous, maman.

— C'est qui alors ?

— C'est sûrement un autre fantôme...

REFIN

Daniel Mativat

 Né à Paris et installé au Québec depuis 1969, Daniel Mativat a enseigné le français à Montréal pendant plus de trente-cinq ans. Titulaire d'une licence en Lettres de la Sorbonne et d'un doctorat en Études françaises de l'université de Sherbrooke, il s'est intéressé au conte québécois et à la situation des écrivains québécois du XIXᵉ siècle. Il a publié plusieurs essais, un dictionnaire de citations humoristiques et une cinquantaine de romans pour la jeunesse en se spécialisant dans des genres tels que le roman fantastique ou d'horreur (*Terreur sur la Windigo*), le récit mythique (*Ni vous sans moi, ni moi sans vous, Siegfried ou l'or maudit des dieux*), le conte traditionnel (*Kado le fou*) ou humoristique (*Le duc de Normandie, le Chat du père Noël*) et enfin le roman historique (*Une dette de sang, Nuits rouges*).

Membre fondateur de l'Association des écrivains québécois pour la jeunesse, il a été plusieurs fois finaliste de prix importants et n'a jamais cessé de s'impliquer pour faire reconnaître la littérature pour la jeunesse du Québec et promouvoir la lecture chez les jeunes.

Pour décrire Daniel Mativat de façon moins sérieuse, disons qu'il est un vieux prof à la retraite qui aime bien rigoler et qui adore les histoires de fantômes comme on en écrivait à l'époque de l'écrivain anglais Oscar Wilde.

Dans sa jeunesse, il a visité l'Écosse et en particulier le château Glamis Castle réputé être le plus hanté du monde. C'est ce qui lui a inspiré *Le fantôme de Boucherville*, son 51e roman. Par contre, il n'a jamais mis les pieds à Boucherville !

PROTÉGEONS
NOS FORÊTS

Ce livre a été imprimé sur du papier Sylva enviro 100 %
recyclé, traité sans chlore, accrédité Éco-Logo et fait
à partir d'énergie biogaz.

Achevé d'imprimer
à Cap Saint-Ignace
sur les presses de Marquis Imprimeur
en janvier 2011